LE NAIN

N° 9

1f. 50

LES BEAUX CONTES DE FÉES

ADMINISTRATION : 3, rue de Rocroy, PARIS (Xe).

LES BEAUX CONTES DE FÉES

LE NAIN BLEU

II

ADMINISTRATION :
3, rue de Rocroy, Paris (X^e)

Le Nain bleu (II)

Résumé du premier album. — *La princesse Duvet-de-Pêche est fiancée au prince Zinzolin qui a été chassé par l'oncle de la princesse, le roi Sarlaroc, en raison de sa pauvreté. L'oncle voudrait voir sa nièce épouser le riche bandit Croquefer. Mais Duvet-de-Pêche s'est enfuie et la fée Souplesse, reine des lutins a mis à ses ordres Maître Trilby, le Nain bleu, qui écarte de la princesse tous les dangers. Pigoche, le fidèle serviteur de Zinzolin apprenant que son maître a été fait prisonnier par Sarlaroc, l'aide à s'enfuir apr. s de nombreuses aventures. La fée Souplesse apparaît au prince Zinzolin et lui annonce de nouvelles épreuves qui devront être accomplies sans le secours du Nain Bleu. Zinzolin doit mettre le siège devant la ville de Croquefer, le riche bandit. A la suite d'un violent combat, il parvient sur la plate-forme du rempart de la ville, tandis que Pigoche à la tête de ses guerriers entre dans la ville à la poursuite des bandits.*

Cependant, le prince Zinzolin, qui avait été sur le point de succomber à la fatigue, avait repris de nouvelles forces et, sans être protégé par son bouclier ou son casque, brandissant de la main droite sa large épée, il poursuivit les ennemis qui s'enfuyaient devant lui pêle-mêle; et il en fit périr un plus grand nombre

par la terreur qu'il leur inspira que par les coups de son épée, car ils se précipitaient du haut des murs et trouvaient une mort certaine dans leur chute. C'était surtout le bandit Croquefer que voulait rencontrer le prince Zinzolin, car c'était lui qu'il voulait tuer sans pitié. Malheureusement, le lâche brigand

s'était si bien terré à l'approche du danger que personne ne put découvrir sa cachette. On eut beau fouiller toutes les maisons, de la cave jusqu'au grenier, explorer tous les fossés, visiter les remparts, toutes les recherches demeurèrent vaines. Quand tous les bandits eurent été passés au fil de l'épée, le prince Zinzolin réunit ses troupes et adressa aux survivants les plus vifs éloges. Puis, se découvrant, il ajouta :

« — Saluons respectueusement les morts qui ont péri au cours de cette glorieuse lutte ! » Tout à coup une voix retentit. C'était celle du nain bleu qui venait de sortir de terre, au grand étonnement de tous.

« — Bravo ! criait le nain bleu. Sans l'appui de ma puissance, sans le secours de mon bras, vous avez tous agi comme des héros. Aussi, cela méritait récompense ! » Le nain bleu prononça quelques paroles

mystérieuses, fit des incantations et, ô miracle ! les blessés ne ressentirent plus aucune douleur, les mourants se levèrent ainsi que les morts. Les uns étaient guéris, tandis que ces derniers venaient de ressusciter

et ne portaient même plus trace des affreuses blessures reçues au cours du terrible combat. Le prince Zinzolin se tourna vers Trilby pour lui adresser ses remerciements, mais il ne l'aperçut plus. Le nain bleu

avait disparu sous terre. Bien entendu, le miracle ne s'était opéré qu'en faveur des soldats du prince Zinzolin. Tous les bandits qui avaient été tués par les chevaliers ne ressuscitèrent pas. Laissons maintenant

le prince à la joie de la victoire remportée et revenons auprès de la princesse Duvet-de-Pêche que nous avions laissée dans l'étable transformée en magnifique chambre à coucher, et dormant sur le lit

où l'ont transportée les petits génies aux ailes de papillon. Lorsqu'elle eut dormi pendant plusieurs heures, les petits génies revinrent la prendre et la portèrent, exécutant en cela les ordres donnés par la fée Souplesse, dans un lieu sauvage, sous des arbres,

tout près d'une source dont l'eau tombait en cascade dans un ruisseau bordé de jonc... Lorsque la princesse s'éveilla, elle se vit tenant une grenouille à la main, son agneau la tête appuyée sur ses genoux. La fiancée du prince Zinzolin se frotta

les yeux, se demandant si elle ne rêvait pas. « — Je ne sais plus où j'en suis, s'écria-t-elle. Hier, je m'endormis princesse ; aujourd'hui, je me réveille paysanne. Mon Dieu ! mon Dieu ! Qu'est-ce que tout cela veut donc dire ? Est-ce que le petit homme

bleu m'aurait abandonnée ? Oh ! non... je n'ai rien fait pour mériter sa disgrâce. Tout cela me tourmente... Cependant, quand je m'affligerai... ça n'avancera à rien... Je ne suis pas la première princesse que le malheur ait frappée... C'est égal ! je regretterai longtemps mon rêve d'hier... » Pendant que la princesse Duvet-de-Pêche soliloquait ainsi mélancoliquement, un énorme serpent, qu'elle ne voyait pas, s'avançait vers elle, descendant des branches de l'arbre sous lequel elle se trouvait.

Bientôt, la princesse Duvet-de-Pêche entendit le bruit du frôlement que faisait l'énorme serpent en glissant sur les feuilles. « — Oh ! mon Dieu !

s'inquiéta la fiancée du prince Zinzolin. Qu'est-ce que je viens de percevoir ? On dirait le bruit d'une couleuvre. » Elle leva les yeux et aperçut l'énorme bête. Duvet-de-Pêche poussa un cri de frayeur et s'apprêtait à s'enfuir quand, de la bouche du reptile, sortit cette demande : « — N'aie pas peur, mon enfant. Est-ce que tu ne me reconnais pas ? — Dame, pas beaucoup ! — Tu ne reconnais pas Souplesse, ta bonne amie ? — Tiens ! c'est vous qui êtes la fée, monsieur le serpent ? — Oui, je viens pour te donner des conseils et te conduire au bonheur que tu as rêvé. J'ai pris cette forme afin d'éloigner

les importuns. — Oh ! je crois bien que personne ne sera tenté de venir auprès de vous. Oh ! là ! là ! Si vous ne m'aviez pas parlé, je serais déjà bien loin. — Je vais monter sur cet arbre, afin de voir par moi-même si personne ne peut nous entendre. » Le serpent remonta, en effet, aux plus hautes branches de l'arbre, tandis que Duvet-de-Pêche, suivant avec intérêt son ascension, lui disait : « — Oh ! ma bonne fée, allez doucement, bien doucement... Pardon, si je ne vous donne pas la main... Prenez garde que le pied vous glisse. — Ne crains rien. — C'est qu'elle marche bien tout de même. Voyez-vous quelqu'un ? — Non, je ne vois personne. Attends-moi. Je descends. » Le serpent redescendit comme il était

monté, tandis que, tremblante, Duvet-de-Pêche se tenait éloignée de l'arbre. « — Approchez, approchez, lui dit le reptile. — Merci, répondit la fiancée du prince Zinzolin. J'aime mieux causer de loin... Mais, tenez, si cela vous est égal, vous me feriez grand plaisir de reprendre votre autre forme. — Je le veux bien. » Aussitôt, le reptile disparut pour laisser place à la fée Souplesse, redevenue femme et richement vêtue d'une robe dont l'étoffe rappelait la couleur et la peau du serpent qu'elle venait de quitter. « — Eh bien ! es-tu contente ? M'aimes-tu mieux ainsi ? interrogea la fée. — Ah ! il n'y a pas de comparaison.

— Donne-moi ta main. » Duvet-de-Pêche hésita, puis la lui tendit en tremblant. « La voici... mais n'allez pas redevenir serpent, car je mourrais de frayeur et puis ça me faisait de la peine de vous voir ramper comme ça... — Je ne suis pas la seule qui marche ainsi. Tiens ! regarde... » Et elle se mit à chanter, tandis que sur un écran s'apercevait la longue théorie des gens ayant l'âme des reptiles : « Dieu ! que d'animaux rampants ! — Tu pourrais suivre à la trace, — Les couleuvres, les méchants, — Les flatteurs à l'âme basse, — Les amis à double face, — Les tartufes, les serpents. — Tout ça rampe en même temps. »

« — Tout cela n'est pas beau ! s'écria Duvet-de-Pêche. — « En effet, répondit la fée qui fit un geste. » Aussitôt, l'écran disparut. — C'est pour te prouver, lui dit la fée Souplesse, que tu devras te méfier des courtisans si jamais tu prends place sur un trône. En attendant, voici. » Et elle remit à la jeune fille une galette en lui ordonnant : « — Tu vas la faire parvenir au prince Zinzolin. J'ai mis ton anneau dedans. — Mon anneau ! » Duvet-de-Pêche examina avec rapidité son doigt. Elle constata alors avec le plus vif étonnement qu'il n'y était plus. La fée lui expliqua qu'elle le lui avait pris pendant qu'elle dormait. La nièce du roi

Sarlaroc demanda pourquoi il fallait envoyer cet anneau au prince. « — Tu le sauras plus tard. Tu vas écrire à ton fiancé de réun[illegible] ur-le-champ toutes les jeunes [illegible] à marier du royaume et des Etats voisins et de n'épouser que celle dont le petit doigt recevra cette bague. Écris vite ! — Écrire avec quoi ? Comment ? » A peine Duvet-de-Pêche avait-elle posé cette question que le tronc d'arbre se développait près d'elle et lui présentait un joli secrétaire où se trouvait tout ce qui est nécessaire pour écrire.

Pendant que Duvet-de-Pêche écrit au prince Zinzolin, revenons auprès du roi Sarlaroc. Le souverain était

furieux, car il avait constaté qu'une puissance plus importante que la sienne avait permis que le vaisseau qui portait le prince Zinzolin et Pigoche résistât à la tempête qu'il avait commandée. De plus, il venait d'apprendre que la ville forte qu'avait fortifiée le bandit Croquefer n'avait pas résisté à l'assaut du fiancé de Duvet-de-Pêche. Le monarque fit appeler son barbier qui s'appelait Lustucru et envisagea avec lui les moyens de s'emparer du prince Zinzolin. Quant à Pigoche, le roi savait de bonne source qu'il viendrait rôder aux abords du palais, afin d'espionner le souverain et connaître les intentions et les projets

de ce dernier. « — On le fera prisonnier, dit l'oncle de Duvet-de-Pêche, et c'est toi, Lustucru, qui le tueras à la faveur de l'obscurité. — Quoi ! [illegible] r ? — Oui. Une petite trappe bien gentille construite dans cette salle basse le fera disparaître. Alors, ni vu ni connu, je t'embrouille ! Allons ! Lustucru, à la besogne, mon garçon ! » C'était vrai. Après la triomphante victoire, Pigoche avait décidé de venir dans les États du roi Sarlaroc, précédant le prince Zinzolin. L'excellent serviteur craignait quelque traquenard pour ce dernier et, dévoué, voulait aller au-devant du danger. Il simula l'ivresse pour pénétrer dans le palais

et revint dans la salle où le barbier Lustucru se tenait seul, le roi Sarlaroc venant de le quitter pour regagner ses appartements privés. « — C'est drôle, soliloqua à haute voix le serviteur de Duvet-de-Pêche, je ne sais plus où je suis. Je fais des zigzags en marchant, comme si j'avais bu, et je n'ai rien pris depuis ce matin. Où suis-je ? » Et s'adressant au barbier qu'il feignit d'apercevoir seulement à l'instant, il lui demanda dans quelle rue il se trouvait. « — Vou n'êtes pas dans une rue, imbécile grogna Lustucru, vous êtes che le roi Sarlaroc. » Lustucru continua trouvant un drôle d'air au fau ivrogne qui s'acheminait vers l

porte : « — Un moment ! on ne peut pas sortir ! — Comment, on ne peut pas sortir ! s'esclaffa Pigoche. Du moment qu'on est entré, il me semble qu'on peut toujours sortir. — On ne sort pas d'ici avant d'avoir été rasé. — Rasé ! en voilà une dure ! ». Le barbier sauta au cou de Pigoche et, le maîtrisant, le saisit au collet. « — Ah ! là ! là ! se récria le vieux serviteur. Ne serrez pas tant ! Je ne veux pas être rasé. — Pourquoi ? — Parc que vous êtes le barbier du ro Sarlaroc et que je crains les cou pures. » Mais Lustucru força so interlocuteur à prendre place dan le fauteuil. Pendant que le barbie

avait le dos tourné pour aller quérir un plat à barbe et une savonnette, le serviteur de Duvet-de-Pêche invoqua mentalement le secours du nain bleu. Aussitôt, il se sentit saisi par des mains invisibles et placé dans une espèce de galerie d'où il dominait la salle et d'où il pouvait tout voir sans être vu. Puis, chose vraiment drôlatique, un mannequin ressemblant exactement à Pigoche prit place dans le fauteuil, si bien que lorsque Lustucru revint, apportant ses usten sils, il ne s'aperçut pas de la substi tution. Il se plaça devant le man nequin, lui attacha une serviette au cou. Satisfait, il tira ensuit

un long rasoir de sa ceinture en murmurant : « — Ah ! mon ami, tu vas être rasé pour longtemps. » A cet instant, une voix ironique venait de crier : « — Prenez garde de me couper ! » Le barbier sursauta, leva les yeux en l'air et aperçut le vieux domestique qui lui faisait le pied de nez. « — Hein ! s'écria Lustucru, comment êtes-vous là, vous ? Mais qui est-ce que je rase donc ? » Il baissa les yeux et poussa une exclamation d'épouvante et de surprise. A la place du mannequin il n'y avait plus qu'un écriteau portant ces mots : « — Lustucru, tu n'es qu'un imbécile ! »

La colère fut bientôt remplacée

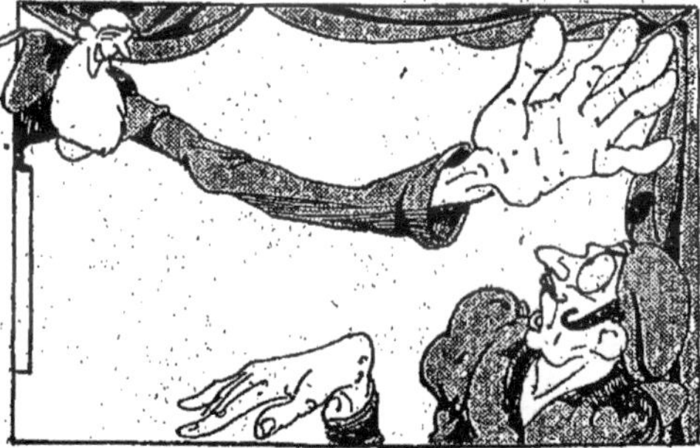

dans l'esprit de Lustucru par la soif de la vengeance. Avisant une échelle, il la posa contre un pilier et, escaladant rapidement les échelons, il parvint jusqu'à Pigoche qu'il atteignit par le bras. Il voulut entraîner le serviteur, mais, ô miracle ! le bras s'allongeait à l'infini et le barbier tomba du haut de son échelle, lorsque Pigoche, placé maintenant à l'extrémité de la galerie, lui dit, narquois : « — Reçois cette gifle, mon ami ! » Et Lustucru recevait, en effet, un magistral soufflet... Comme le bras immense se soulevait de nouveau, le barbier tomba à genoux en demandant pardon. Le domestique consentit alors à descendre : « — Décidément, fit-il, j'ai réfléchi, je ne me ferai pas faire la barbe aujourd'hui. — Vous avez raison, » s'empressa d'acquiescer le barbier. Lustucru venait de penser qu'avec un pareil adversaire il convenait de ruser. Aussi, prenant une mine aimable, proposa-t-il à Pigoche de le conduire dans la grande salle du palais où il trouverait des rafraîchissements. « — Oui, approuva le vieux serviteur, je ne serais pas fâché de prendre quelque chose... un verre de vin d'Alicante, une croûte de pâté, une douzaine de meringues. » Lustucru avait son idée de derrière la tête. Il fit passer devant lui Pigoche et, sortant un

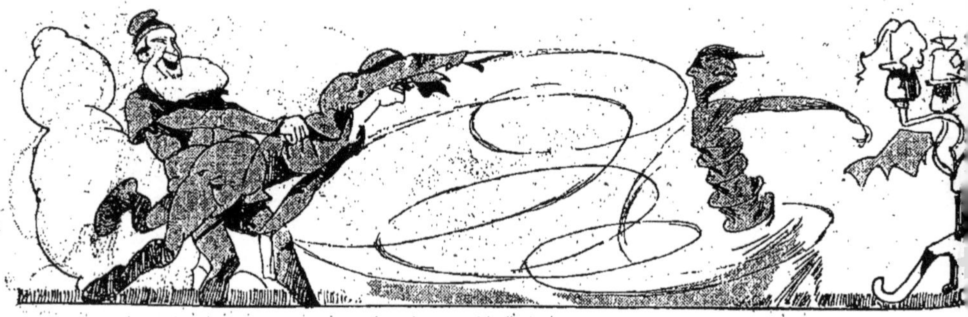

mouchoir de sa poche, il allait le bâillonner, mais, en se retournant vivement, le serviteur de Duvet-de-Pêche vit le geste. « — Ah ! mon gaillard ! s'écria-t-il, c'est ainsi que tu entends me rafraîchir. Attends un peu !... » Et, prenant le barbier par la taille, il le fit tourner vivement, tandis qu'une force irrésistible poursuivait le mouvement commencé et faisait tourner comme une toupie l'infortuné perruquier, ce que voyant, Pigoche se mit à rire à s'en te[nir] les côtes. « — Si le nain bleu le ve[ut] bien, s'esclaffa Pigoche, tu vi[re]volteras ainsi pendant trois heu[res] de suite. » Et laissant le malheure[ux] Lustucru tourner, tourner, il

dirigea vers la salle du palais où se réunissaient les juges. Ceux-ci venaient de s'assembler sous la présidence du roi Sarlaroc. « — Courageux magistrats, commença ce dernier, vous vous doutez pourquoi je vous ai ordonné de vous rendre ici en bonnets et en robes ? » Les juges opinèrent du bonnet. Ils s'inclinèrent et répondirent en chœur : « — Une obéissance aveugle... Un dévouement sans bornes... Une abnégation totale... — Messieurs, Sarlaroc, il ne s'agit pas d'u[ne] babiole, d'un enfantillage. Un jeu[ne] téméraire a osé vouloir épouser u[ne] princesse que je voulais donn[er] en mariage à mon ami Croque[fer]

J'ai besoin d'un petit exemple. Puis-je compter sur vous ? » Tous les juges s'inclinèrent de nouveau. Soudain, un des gardes du palais pénétra dans la salle des juges et vint communiquer une nouvelle au souverain dont le visage exprima la joie la plus intense. « — Messieurs, s'écria-t-il heureux, on vient d'arrêter le prince Zinzolin ! » C'était vrai. Le fiancé de Duvet-de-Pêche, apr[ès] avoir vaincu le bandit Croque[fer] avait pensé qu'il pourrait se réco[n]cilier avec le roi Sarlaroc et obte[nir] enfin de lui le consentement à s[on]

mariage avec la princesse Duvet-de-Pêche. Pigoche ne l'avait précédé dans les États du monarque que de quelques heures. Mais, parvenu dans la capitale, il avait été immédiatement procédé à son arrestation, car son signalement avait été répandu à profusion. Le roi Sarlaroc ne se tenait pas de joie; les juges, en bons courtisans, manifestaient leur satisfaction. « — Messieurs, dit l'oncle de Duvet-de-Pêche, vous savez que personne plus que moi ne respecte l'indépendance des tribunaux; vous allez donc me faire l'amitié de condamner tout de suite le prince Zinzolin ! »

Les paroles prononcées par le

roi Sarlaroc ne parurent pas émouvoir les juges. Ils répondirent d'une commune voix : « — Avec plaisir, sire. — Très bien, messieurs, approuva le monarque. J'aime beaucoup votre indépendance. Mettez-y toutes les formes voulues, mais dépêchez-vous, car je suis pressé. — Quel genre de supplice ordonnez-vous ? interrogea l'un des magistrats. — Cela m'est parfaitement égal. On le précipitera tout bonnement du haut de la terrasse; elle a quinze cents pieds au-dessus du niveau de la mer. Ce serait bien le diable si, en faisant un saut pareil... Allons, messieurs, je vous laisse. Jugez avec conscience, intégrité, impartialité. J'ai bien l'honneur de vous saluer. » Et, très digne, tandis que les fronts se courbaient de nouveau devant lui, le roi Sarlaroc regagna ses appartements privés.

Quand il fut sorti, le chef des juges dit aux gardes : « — Allez chercher l'accusé. » Les soldats s'empressèrent d'obtempérer à cet ordre. Le prince Zinzolin n'était nullement abattu. Une lueur de défi brillait dans ses yeux. « — Messieurs, fit-il d'une voix forte, je viens avec confiance devant mes juges pour répondre à une accusation. » Le chef des magistrats ne le laissa pas achever. « — Oui, prince, nous sommes réunis pour vous juger, exclama-t-il, et nous

avons l'honneur de vous annoncer que vous êtes condamné à sauter du haut de la terrasse du château avec tous les honneurs que l'on doit à votre rang. » Tout à coup, la porte s'ouvrit sous une poussée impétueuse et Pigoche parut, tous ses traits exprimant la plus vive indignation. « — C'est ainsi que vous rendez la justice ? gronda-t-il. Prince, ils vous condamnent sans jugement. — Laissez-les donc, repartit le fiancé de Duvet-de-Pêche, je ne suis pas assez bête pour faire un saut pareil. — Je vais faire exécuter la sentence,

clama le chef des juges. Gardes, emparez-vous de ces deux hommes et précipitez-les à la mer. » Le jeune et fier gentilhomme ne put contenir sa colère. « — Misérables ! excla-ma-t-il, je vendrai chèrement ma vie. Malheur à qui osera m'approcher ! — Oui, oui ! qu'ils approchent ! » ajouta Pigoche se mettant sur la défensive. Mais que pouvaient tenter le prince et le vieux domestique contre tous les hommes d'armes qui s'avançaient vers eux ? Fatalement, inexorablement, ils auraient le dessous... C'est alors que le fiancé de Duvet-de-Pêche songea à Trilby, son bienfaiteur. Joignant les mains, il murmura : « — Petit nain bleu,

m'abandonneras-tu ? » A la seconde même, on vit Trilby sortir du dossier d'un fauteuil et agiter sa baguette. En même temps, les sièges sur lesquels les juges étaient assis s'élevèrent à une hauteur de quatre mètres et les gardes demeurèrent également en l'air, gigotant éperdument et ne pouvant regagner le sol. « — Zinzolin, suis-moi, commanda le nain bleu. — Où vas-tu me conduire ? interrogea le jeune gentilhomme. — Là, dans cette tour d'airain, » répondit Trilby. Une tour d'airain venait, en effet, de sortir du parquet, mais elle n'avait point de portes. « — Comment y pénétrer ? » demanda le

prince. Trilby fit un geste et, aussitôt, un joli escalier tournant bleu et or s'éleva devant la tour. « — Suivez-moi, » ordonna le nain. Le prince et Pigoche, aidés de Trilby, montèrent rapidement. Parvenus tous les trois au sommet de l'escalier, ils pénétrèrent dans la tour. Pendant ce temps, juges et soldats appelaient au secours de toute la force de leurs gosiers, car c'est toujours en vain qu'ils essayaient de regagner le parquet. Une puissance irrésistible les retenait là-haut. Leurs appels devinrent si formidables qu'ils attirèrent tous les gardiens du palais

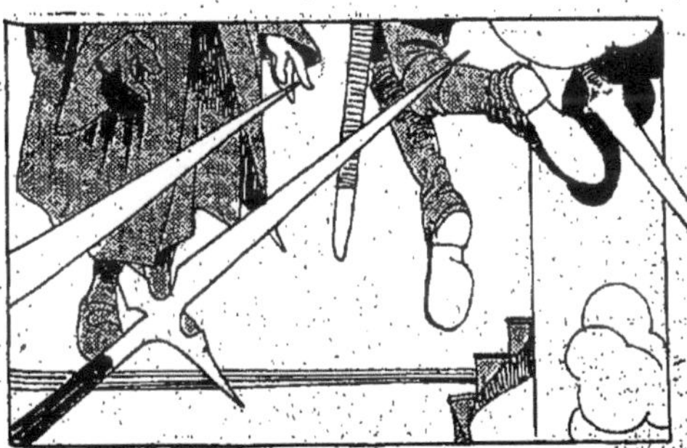

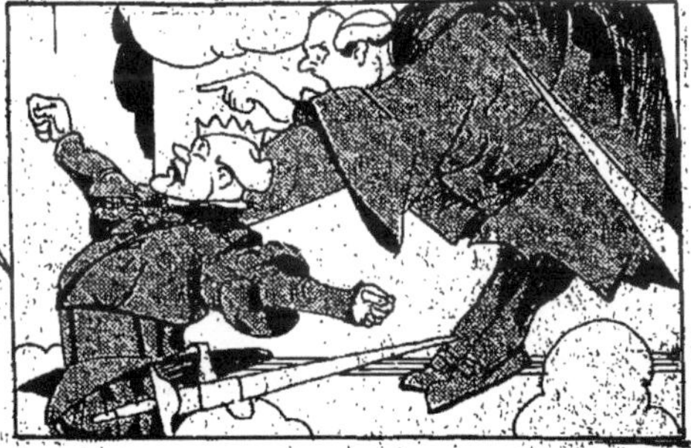

et le roi lui-même. On peut se faire une idée de l'étonnement de tous quand ce spectacle se présenta à leur vue. « — Ah çà ! interrogea le roi furieux, me direz-vous ce qu'est devenu mon prisonnier ? — Sire, dit le premier des juges sur un ton lamentable, le diable l'a emporté dans cette tour. — Quelle tour ! En effet, elle a poussé comme un champignon. Je vais m'assurer de la vérité ; mais si vous m'avez trompé, tremblez tous. Je vous jugerai à moi tout seul, sans appel, et je vous traiterai du haut en bas ! »

Le roi Sarlaroc était dans un état de fureur indescriptible. Il se précipita vers la tour d'airain et mit le pied sur les premières marches de l'escalier, mais à mesure qu'il montait, celles-ci s'enfonçaient et ce spectacle était si grotesque et en même temps si amusant, que

les gardes et les juges ne purent s'empêcher de rire. Soudain, la tour disparut pour laisser place à un riche tapis oriental bordé de cassolettes remplies de parfums. Le prince Zinzolin était couché sur un divan, entouré d'esclaves, et le bon serviteur Pigoche était à ses pieds. Du haut de leurs sièges, les magistrats clamèrent d'une commune voix : « — Une obéissance aveugle... un dévouement sans bornes... une abné-

gation totale. — C'est bien, c'est bien, messieurs, repartit le fiancé de Duvet-de-Pêche. Je sais à quoi m'en tenir. Puis, d'un ton narquois, il ajouta : — Et je ne vous retiens pas ! » Aussitôt, les juges tombèrent sur le sol et, dans cette chute imprévue, les magistrats se firent terriblement mal au nez. Tout piteux, abasourdis de la puissance du prince Zinzolin, ils se relevèrent : « — Ah ! ah ! se moqua Pigoche. Vous ne parlez plus maintenant de faire jeter mon maître dans la mer ? » Les magistrats courbèrent la tête, n'osant

répondre. Quant au roi Sarlaroc, il s'était planté devant le prince Zinzolin et écumait de colère. « — M'accordez-vous la main de Duvet-de-Pêche ? interrogea le prince sur le ton de la plus extrême courtoisie. — Jamais ! rugit l'oncle de la jeune fille. — C'est bien, répondit le gentilhomme, quelques jours de solitude vous permettront de réfléchir à la méchanceté de votre refus. » Il donna un ordre, et les soldats, domptés par l'énergie du prince, s'empressèrent de conduire à la prison le monarque qui clamait de toutes ses forces : « — Je me vengerai ! Je me vengerai ! » Après avoir fait prisonnier le roi Sarlaroc,

le prince Zinzolin fit paraître un édit par lequel il proclamait qu'il n'entendait pas prendre le trône du monarque, mais qu'il voulait simplement amener le souverain à résipiscence. Puis, pour bien montrer son autorité et avec l'aide du nain bleu, il métamorphosa les juges en caméléons. Les magistrats s'étaient en effet réunis en comité secret et avaient décidé de faire évader le roi prisonnier alors qu'ils avaient assuré au prince Zinzolin qu'ils seraient ses tout dévoués serviteurs. Ce fut un après-midi, en pleine séance du tribunal, que la métamorphose s'opéra et les juges, transformés en gros caméléons, se regar-

daient confus et piteux, tandis que des gamins les poursuivaient à coups de pierre et de bâton. Le prince Zinzolin, au milieu de toutes ces péripéties, n'avait pas oublié la princesse Duvet-de-Pêche. Il avait lancé les meilleurs policiers du royaume à sa recherche et avait promis, pour stimuler leur zèle, une récompense de mille florins d'or à qui viendrait lui apprendre le premier le lieu de sa retraite. Si le prince désirait revoir Duvet-de-Pêche, celle-ci n'était pas moins impatiente de rejoindre son fiancé.

Aussi écoutait-elle religieusement les ordres donnés par la fée Souplesse. Nous l'avions laissée au moment où elle écrivait au prince Zinzolin de réunir les femmes du royaume et des États voisins, et de n'épouser que celle dont le petit doigt pouvait recevoir une bague contenue dans une galette. « — Voilà ! dit-elle ; faut-il signer ? — Non, garde-t'en bien, » répondit la fée Souplesse. Voyant que la jeune fille cherchait de gauche et de droite, la fée lui demanda ce qu'elle désirait. « Une bougie, de la cire, dit Duvet-de-Pêche, pour cacheter ma lettre. — En voici, » repartit la fée. Une bougie allumée, de la cire et un

cachet vinrent, en effet, se poser sur le secrétaire.

« — Qui va porter ma lettre ? S'il y avait là un commissionnaire, dit Duvet-de-Pêche. — C'est bien facile, répondit la fée Souplesse. Il n'y a qu'à en faire venir un. » Elle étendit sa baguette et le nain bleu, porté sur une roue d'or, vint prendre la missive qu'il promit de remettre plus vite que si elle avait été confiée à la poste. En effet, une heure après, le prince Zinzolin voyait arriver le nain bleu qui lui donnait la missive et la galette, sans lui dire par qui elles lui avaient été confiées. Le prince Zinzolin reconnut l'écriture de sa fiancée, quoique la

lettre ne portât pas sa signature. « Encore une épreuve à subir, » soupira-t-il. Mais comme cette épreuve lui était en quelque sorte ordonnée par Duvet-de-Pêche, il fit proclamer dans tout le royaume et dans tous les États voisins que toutes les filles à marier pouvaient venir dans la capitale et que celle dont le doigt serait assez petit pour qu'on y mît la bague serait épousée par le prince. Aussitôt, de tous les points du royaume et des pays avoisinants, accoururent les aspirantes à la couronne. Il y en avait de vieilles,

de jeunes, de laides et de jolies. On les plaça dans une immense salle où elles caquetèrent si bien et si fortement que Pigeche dut intervenir pour leur imposer le silence. Pigoche n'était pas content, ni très rassuré, et il avait fait part de ses craintes au prince Zinzolin. « — Qui sait, lui avait-il dit, si cette lettre n'est pas l'œuvre d'un enchanteur ennemi de la fée Souplesse qui nous protège ? Il détient peut-être prisonnière votre fiancée et veut vous faire épouser une méchante femme. — Tranquillise-toi, lui déclara le gentilhomme. Personne ne pourra mettre à son doigt cet anneau si petit. Je ne

connais que Duvet-de-Pêche pour posséder une main si mignonne. » Le prince Zinzolin aurait bien voulu interroger le nain bleu et lui demander de plus amples explications. Mais celui-ci avait disparu. Toutefois, avant de partir, il avait fait remettre au fiancé de Duvet-de-Pêche un splendide fauteuil sur le dos duquel était écrit ce mot : *Vérité !* Ce fauteuil possédait le merveilleux pouvoir de faire connaître le véritable caractère de la personne qui y prenait place. Le prince fit installer ce fauteuil sur une estrade magnifiquement ornée, puis donna l'ordre de faire pénétrer toutes les femmes. Celles-ci clamèrent d'une commune

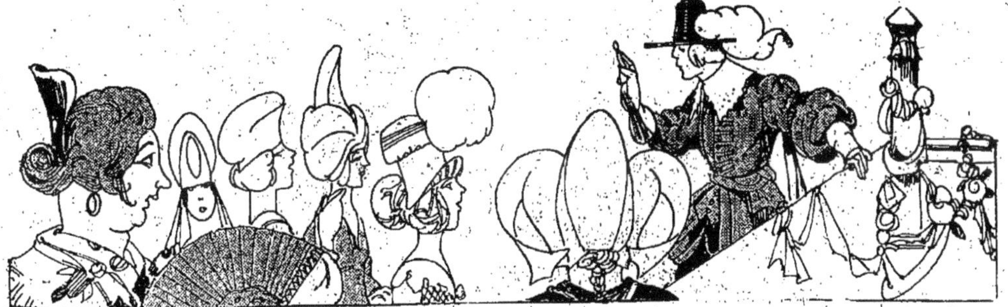

voix : « — Vive le prince ! Vive le prince ! » et si fortement, que le jeune gentilhomme s'écria : « — Silence !... » Elles étaient bien près de quinze cents de toutes nationalités, de tout âge. « — Mesdemoiselles, poursuivit le prince, il faut que je vous explique les conditions du concours. Vous voyez cette petite bague ? Eh bien ! il faudra, pour devenir ma femme, que l'une de vous puisse la mettre facilement à son petit doigt. Sans cela, point de mariage. — Commençons ! commençons ! clamèrent-elles toutes. —

Attendez ! continua le prince Zinzolin. Il y a encore une clause. Il faudra, pour espérer mettre cette bague, raconter en quelques mots sa vie et, si l'on fait le moindre mensonge, on sera impitoyablement chassé du concours. — Mais c'est de l'arbitraire ! Cela n'était pas annoncé dans le programme ! se récrièrent plusieurs jeunes filles. — Vous n'avez qu'à ne pas mentir. » Pigoche fit placer toutes les concurrentes sur un rang, ce qui fut besogne peu aisée, puis les épreuves commencèrent. Chaque aspirante à la couronne se plaçait sur le fauteuil, faisait le récit de sa vie et disait son âge. Mais pour toutes, toutes

sans exception, le mot *vérité* qui se trouvait sur le fauteuil disparaissait et le mot *mensonge* s'étalait à sa place. « — Allons ! à une autre ! » clamait Pigoche tout réjoui de cette belle invention.

Chacune des jeunes filles se vantait de posséder des qualités qu'elle n'avait pas. Aussi le mot « mensonge » venait-il remplacer le mot « vérité ». Pigoche morigénait chaque concurrente de n'avoir pas été loyale et la leçon fut profitable, car, après cette épreuve, jamais le moindre mensonge ne sortit des lèvres de celles qui s'étaient assises sur le merveilleux fauteuil. Tout à coup une musique délicieuse se fit entendre.

Le sol s'ouvrit et l'on vit apparaître un divan de la plus grande richesse entouré de vases de la Chine et du Japon, rempli d'encens et de cassolettes de porcelaine où brûlaient des parfums. La princesse Duvet-de-Pêche était endormie au milieu d'un groupe de petits génies qui voltigeaient autour d'elle et la rafraîchissaient du mouvement de leurs ailes azurées. Tout le monde était accouru pour contempler ce délicieux tableau, tandis que le prince Zinzolin joignait les mains, stupéfait de bonheur. Le nain bleu parut

bientôt et, touchant la jeune fille au front, lui dit : « — Réveille-toi, chère enfant. Ton rêve est fini, la réalité commence. » Duvet-de-Pêche jeta des regards émerveillés autour d'elle. « — Où suis-je, Trilby ? interrogea-t-elle. — Dans le palais du prince Zinzolin, au milieu de tes sujets qui viennent rendre hommage à leur souveraine. » Le jeune gentilhomme s'avança alors et, mettant un genou à terre, s'écria : « — Oui, de vos sujets, princesse, et vous voyez le plus humble à vos pieds. » Dépeindre la joie des deux fiancés est impossible. « — Pour que vous puissiez m'épouser, demanda enfin Duvet-de-Pêche, ne faut-il pas que

je fasse aussi l'épreuve de la bague ? — Pensez-vous que ce soit indispensable ? répondit le prince tout ému. — Oui, affirma le nain bleu, c'est l'arrêt du destin. » Sans trembler, la jeune fille quitta son divan pour se diriger vers le fameux fauteuil. En termes émus, elle commença le récit de son existence et, à la vive joie du prince Zinzolin, le mot « vérité » non seulement ne fut pas remplacé par le mot « mensonge », mais encore brilla d'un éclat sans pareil. « — Donnez-moi votre main, s'écria le gentilhomme fou de joie, afin que j'y place la bague. » A peine venait-il de prononcer ces paroles qu'un violent coup de tonnerre

éclatait, les murs du palais tremblaient sur leur base et un nuage de feu traversait l'atmosphère. « — Trilby, s'épouvanta le prince Zinzolin, protège-nous ! — Hélas ! repartit le nain bleu, j'ai affaire à une puissance plus forte que la mienne. » Un être fantastique vomissant la flamme par les yeux venait d'apparaître. C'était Turlubec, le sorcier du mal. Avant que le prince Zinzolin ait pu s'y opposer, il s'était emparé de la bague et avait fait entendre un sinistre ricanement. Toutes les jeunes filles avaient fui le palais.

Seuls étaient demeurés en présence le prince Zinzolin, Pigoche et la princesse Duvet-de-Pêche. Quant au nain bleu, il avait disparu dans le parquet, après avoir vivement dit au fiancé de Duvet-de-Pêche qu'il allait chercher du secours, car, tout seul, il ne pouvait rien contre le terrible Turlubec. Le prince Zinzolin avait tiré son épée et s'était placé devant la jeune princesse pour la protéger. Une flamme jaillit alors de la bouche du sorcier et, venant toucher l'arme du prince, la fit brûler, comme si ç'avait été un simple fétu de paille. Le prince, beau de courage, ne recula pas. « — Rends-moi cette bague », ordon-

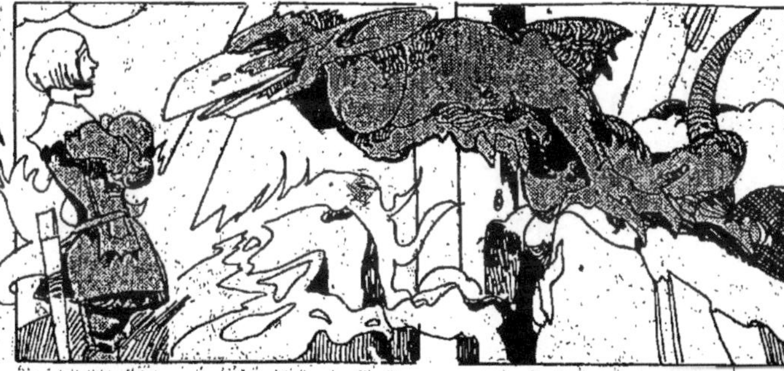

na-t-il. Turlubec éclata d'un rire plus sinistre encore. D'une voix glapissante, il prononça : « — Si tu veux la ressaisir, tu la trouveras dans ce torrent, dans ce gouffre sans fond qui bouillonne à nos pieds. » En effet, un torrent venait de naître, roulant des eaux tumultueuses et les murs du palais avaient disparu comme par enchantement.

Joignant le geste à la parole, Turlubec avait jeté l'anneau dans ces eaux grondantes qui disparaissaient dans un immense trou d'où montait un bruit assourdissant. Pâles de colère, de fureur impuissante, les témoins de cette scène se regardèrent. Le sorcier s'était évanoui

dans un nuage de flammes. Soudain, Pigoche prit le bras du prince. « — Écoutez, » lui dit-il. Une voix montait de l'abîme. « — Espère encore, disait cette voix souterraine, l'anneau jeté dans le torrent vient d'être avalé par un poisson; sans cet anneau, tu perds à jamais la princesse... Si tu veux le retrouver, précipite-toi dans le gouffre. Persévérance et courage ! ». La voix s'éloignait et redit encore : « — Persévérance et courage ! » Pigoche et Duvet-de-Pêche tendirent l'oreille, mais ne perçurent plus rien, hors le grondement des eaux se précipitant dans l'abîme sans fond... La jeune princesse, toute tremblante, regarda son fiancé. « — Prince, lui dit-elle, renoncez à ma main. Ne tentez pas cette nouvelle épreuve. — Si,

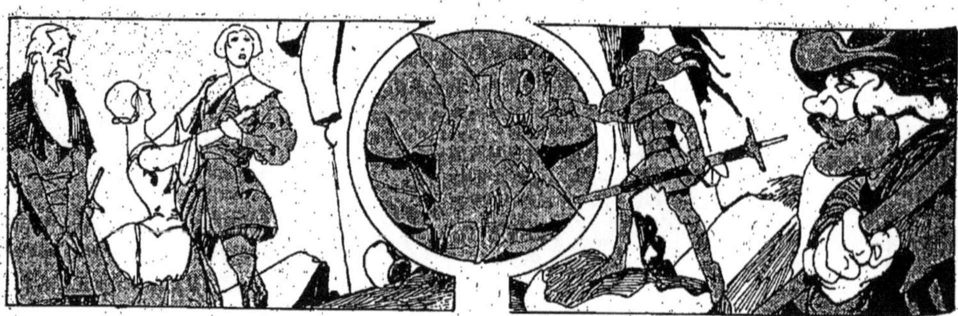

il le faut ! » clama une voix. C'était celle du nain bleu qui revenait à la tête d'une centaine de géants. Hélas ! trop tard ! Turlubec n'avait pas attendu son retour pour disparaître. « — Oui, répéta Trilby. Il faut que le prince Zinzolin se lance dans l'abîme. — Vertubleu ! murmura Pigoche, il faut faire là un grand saut. — Quant à moi, je vais me mettre, avec cinquante de mes géants, à la poursuite de Turlubec,

continua le nain bleu, et les cinquante autres géants seront la garde d'honneur de Duvet-de-Pêche jusqu'au retour du prince. — Et moi, faut-il que je fasse le saut avec le fiancé de la princesse ? interrogea le vieux serviteur. — Toi, répondit Trilby, tu accompagneras le prince, tu seras son fidèle compagnon. » Les adieux de la jeune fille et du gentilhomme furent des plus touchants. Tous les deux tremblaient de ne plus se revoir. Dans un petit médaillon que portait Duvet-de-Pêche à son cou, se trouvait son portrait. Elle le donnait en guise de fétiche à celui qui allait braver la mort pour retrouver l'anneau

au fond du gouffre. Les géants s'éloignèrent en emmenant Duvet-de-Pêche qui pleurait à chaudes larmes. Et bientôt Pigoche et Zinzolin se trouvèrent seuls au bord du torrent qui s'enfonçait sous terre en faisant entendre le bouillonnement de ses eaux de minute en minute plus tumultueuses... « — Allons, tenons-nous la main, dit le prince Zinzolin. — Courage ! » s'écria Pigoche... Et tous les deux se lancèrent, tête baissée, dans le gouffre. Ils roulèrent ainsi pendant plusieurs minutes à travers l'eau grondante

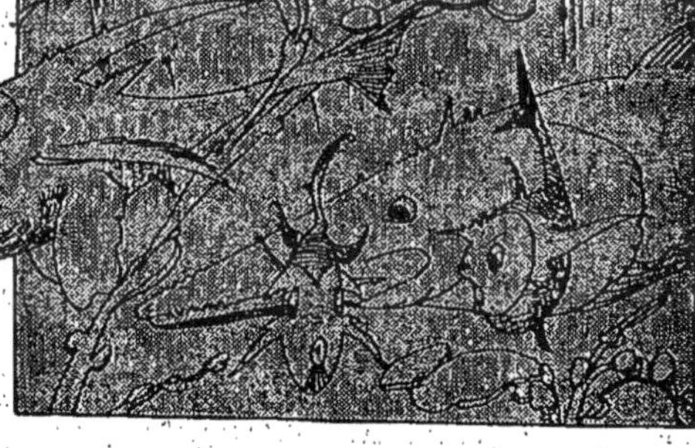

et tombèrent dans une sorte de cavité gigantesque où, chose étrange, ils pouvaient respirer comme les poissons qui les frôlaient. Ils se relevèrent et se regardèrent profondément étonnés. Ils se trouvaient dans le royaume des poissons !... « — Nous voilà devenus amphibies, » murmura Pigoche. Le spectacle qu'ils avaient devant les yeux était remarquable et véritablement impressionnant. Étaient réunies là les espèces les plus diverses du monde aquatique, depuis l'énorme baleine jusqu'à la petite sardine. Bars, brêmes, congres, harengs, merlans, rougets, soles, anguilles, goujons, saumons, truites, éperlans, tout cela passait en rangs

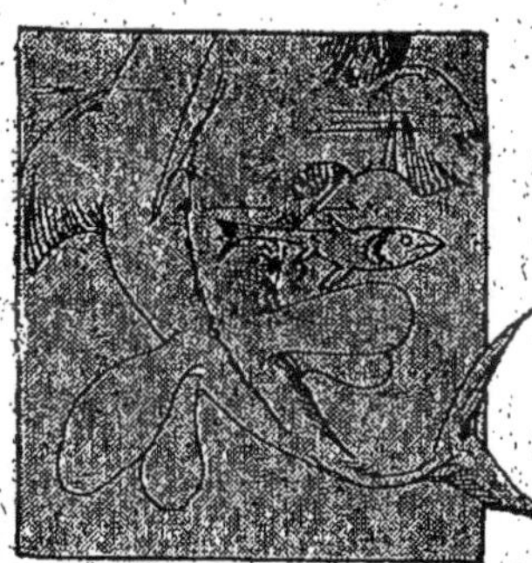

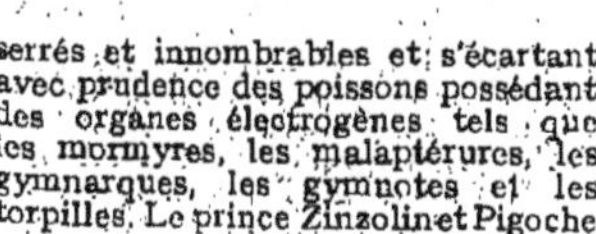

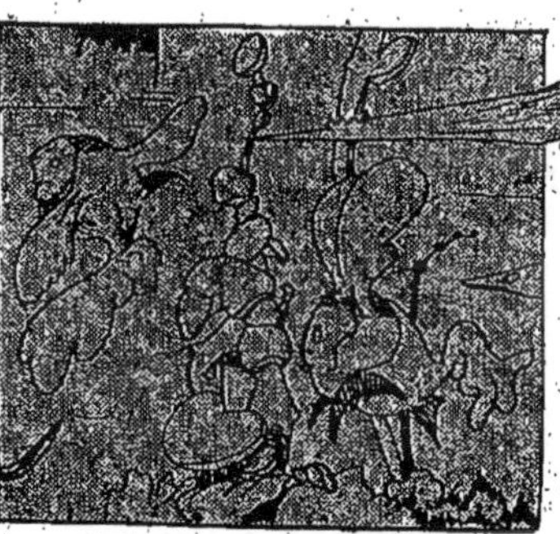

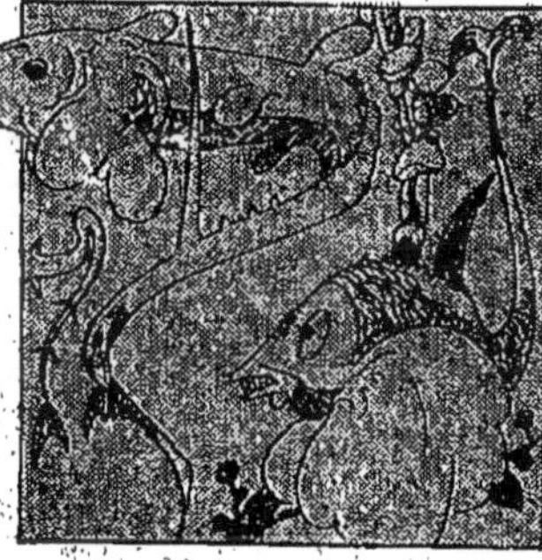

serrés et innombrables et s'écartant avec prudence des poissons possédant des organes électrogènes tels que les mormyres, les malaptérures, les gymnarques, les gymnotes et les torpilles. Le prince Zinzolin et Pigoche contemplaient avec étonnement les espèces de poissons qui vivent à quatre ou six mille mètres au-dessous du niveau de la mer, et s'étonnaient des formes des trigons et des myliobatides qui ont une forte épine placée sur une queue flagelliforme, épine que ces poissons peuvent lancer avec une grande force. Des bandes de requins voraces et cruels passaient également en quête de nourriture et tout fuyait à leur approche.

Heureusement que d'énormes rochers se trouvaient au fond de l'abîme et cela permettait au prince Zinzolin et à Pigoche de se dissimuler. Bientôt, le gentilhomme et le vieux serviteur virent apparaître une compagnie de brochets avec un capitaine en tête, qui rencontra une compagnie de crocodiles. Les deux chefs échangèrent le mot d'ordre, puis vinrent se ranger sur deux lignes. Puis quatre sujets apparurent, portant un plat du Japon sur lequel se tenait, impassible et grave, un saumon qui, dans l'empire des eaux, avait

le titre de roi. Il était orné d'un grand cordon rouge et empanaché d'une queue de morue. La carpe marchait à sa droite ; Mgr le dauphin était à sa gauche. Homard, son confident, ouvrait la marche.

« Halte ! commanda le souverain. Qu'on me dépose ici. » Et s'adressant aux gardes qui s'inclinaient, il remercia : « — Braves cétacés, je suis content de vous. Le roi Saumon XIV vous porte tous sous ses écailles. Homard, que se passe-t-il donc dans mes États ? Quelles sont les nouvelles ? — Sire, répondit le homard, nos émissaires secrets nous ont appris que deux hommes avaient pénétré dans vos États. — Deux

poissonphages ! » exclama le souverain. A ces mots, les crocodiles se frottèrent les nageoires de contentement et firent entendre un grognement de satisfaction. Pigoche et le prince Zinzolin ne purent s'empêcher de frémir. Ainsi, leur retraite avait été découverte, leur présence signalée !... Ils se rassurèrent toutefois, quand le roi Saumon XIV s'écria : « — Je défends qu'on leur fasse la moindre morsure. Qu'on m'amène les animaux bipèdes qu'on m'a annoncés. Je veux les recevoir dignement... J'ai besoin d'être coiffé... Qu'on fasse venir mon merlan. » Sur un signe du homard, le merlan surgit, plat à barbe sous le bras

et un peignoir sous l'ouïe. « — Merlan, commanda le Saumon, tu vas m'accommoder. » Puis, s'adressant au homard, le souverain ordonna : — Tu feras aussi venir le thon. C'est le thon qui donne ici la mode. Je veux le consulter sur une nouvelle forme d'écailles. Venez. » Les deux pelotons de crocodiles et de brochets s'éloignèrent, tandis que le roi, la carpe et la dauphin entraient dans un pavillon situé non loin de là, pavillon construit avec des arêtes de poissons, des mollusques et des coquillages. Quant au homard, il

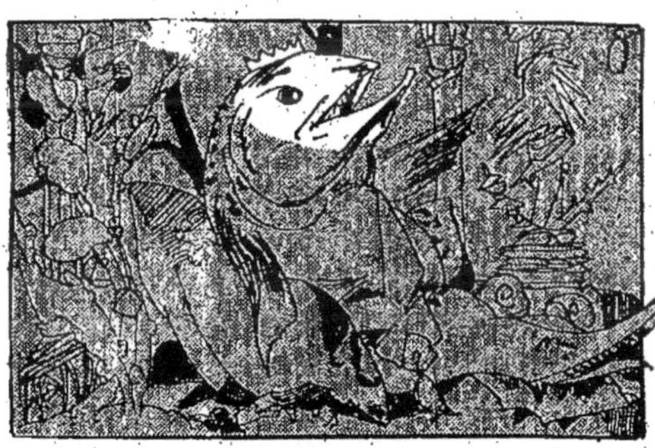

se dirigea vers les rochers derrière lesquels se dissimulaient le fiancé de Duvet-de-Pêche et Pigoche. « — Salut, jeunes étrangers, fit le favori du roi Saumon. Mon souverain veut vous voir. Vous l'amuserez beaucoup. » Et le homard se mit à rire, trouvant fort drôle de voir les deux hommes qu'il considérait comme des animaux étranges... Zinzolin et Pigoche se consultèrent du regard. Ils n'avaient rien à redouter pour le moment, en accédant à la demande du roi Saumon XIV. Ils suivirent donc le homard jusque dans le pavillon. Le monarque des eaux avait pris place sur son trône et était entouré de carpes et de barbillons. Il avait orné sa poitrine

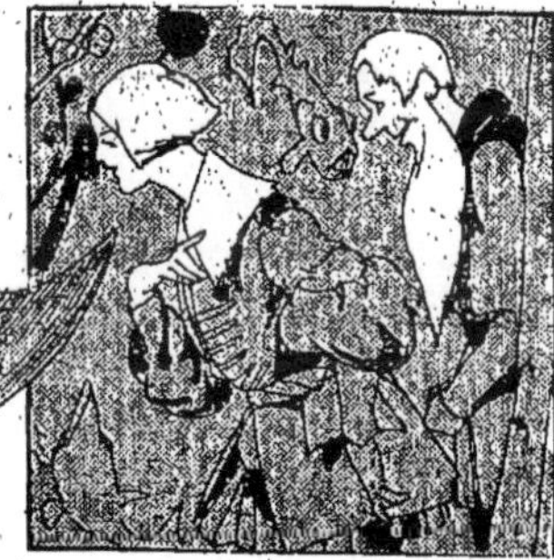

d'une brochette d'éperlans et avait placé des sardines sur sa manche. « — Étrangers, commença-t-il, qui êtes venus plonger votre œil dans mon royaume, quel motif vous amène ? Parlez sans crainte. Si vous n'êtes pas ennemis de mon peuple... si vous n'êtes pas deux pêcheurs endurcis, nous pourrons nous entendre. » Le prince Zinzolin lui déclara alors qu'il venait réclamer de sa générosité un objet d'un prix inestimable. « — Il s'agit, dit-il, d'un anneau surmonté d'une pierre précieuse. L'un de vos sujets l'a avalé par mégarde et ce bijou doit bien le gêner. — Prince amphibie,

répondit courtoisement le roi, tu auras ton anneau. » Et, se tournant vers sa cour, il ajouta : « — Qu'on affiche immédiatement sur tous les bancs de sable, et qu'on publie au son des trompes marines, qu'un anneau précieux a été perdu... Je veux dire avalé dans mes États. Allez ! — J'y cours! » exclama un brochet, pendant que le homard s'écriait : « — J'y nage ! »

L'enquête prescrite par le roi Saumon donna les résultats suivants : on apprit que l'anneau appartenant à Duvet-de-Pêche avait été avalé par une carpe et que celle-ci, étouflée par cette bague, était morte. La fée des Ouragans, alliée du méchant

sorcier Turlubec, s'était emparée du bijou, l'avait transporté tout près du pôle Nord et l'avait confié à la garde des génies Grésil, Frimas, Brouillard, Verglas et à celle de l'affreux gnome que se nomme Froid-Mortel. C'est là que le prince Zinzolin et Pigoche devaient se rendre s'ils voulaient rentrer en possession de l'anneau précieux, sans lequel la princesse Duvet-de-Pêche ne pourrait pas se marier. Le jeune gentilhomme et le vieux serviteur n'eurent pas une minute d'hésitation. Ils étaient allés dans l'empire des Eaux.

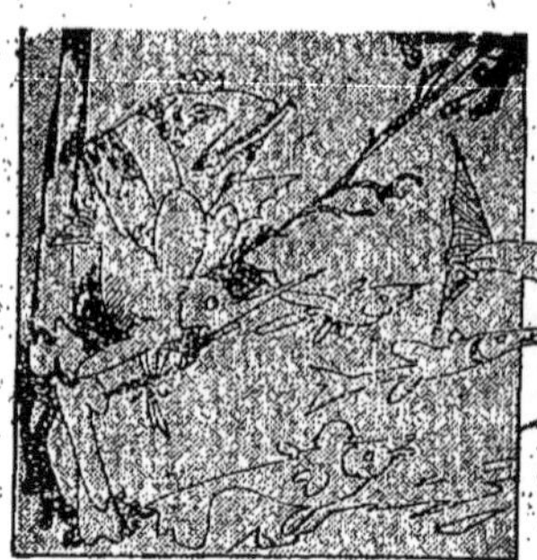

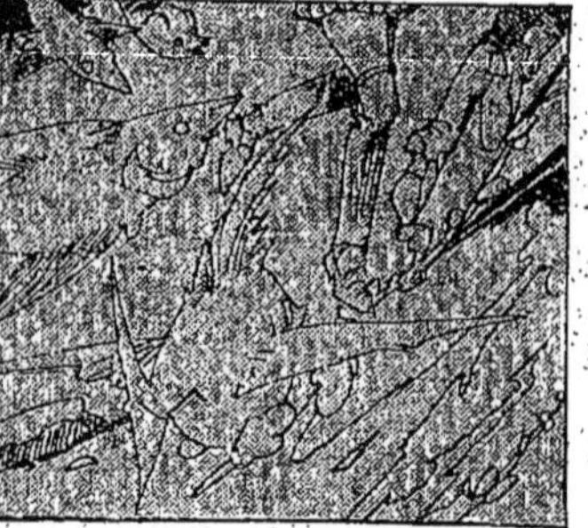

Ils iraient jusqu'aux confins de la terre, puisqu'il le fallait. Ils prirent donc congé du monarque Saumon XIV et, escortés de tous les poissons vivant dans le liquide élément, ils remontèrent sur terre. « — Ah ! il est bon de fouler le plancher des vaches ! s'écria Pigoche après avoir éternué plusieurs fois. Je n'aimais pas beaucoup l'eau, mais, maintenant, je vais l'avoir en horreur ! » Le prince Zinzolin et Pigoche tinrent conseil pour savoir s'ils apprendraient à la princesse Duvet-de-Pêche quelles nouvelles épreuves ils devaient subir. Ils finirent par convenir que oui, car les dangers qu'ils braveraient seraient sans doute terribles et

leur absence pourrait durer longtemps. Ils se rendirent donc dans la cité des Géants, où la jeune fille était sous la sauvegarde de ces herculéens gardiens. Vive fut la joie de la nièce du roi Sarlaroc quand, du haut de la tour où elle était montée, elle aperçut son fiancé qu'accompagnait son fidèle serviteur. Elle dégringola quatre à quatre les escaliers de la tour et arriva au bas juste au moment où le prince Zinzolin, tout ému, ouvrait les bras pour lui manifester son bonheur. Le fiancé de la ravissante jouvencelle raconta à celle-ci toutes les péripéties au pays des Poissons. Mais une chose à laquelle ne s'attendait

pas le prince Zinzolin, c'est que Duvet-de-Pêche, après avoir attentivement écouté, déclara qu'elle voulait être de la périlleuse entreprise, elle aussi. Tout ce que put dire le jeune gentilhomme pour la faire renoncer à son projet fut inutile. L'intrépide princesse ne voulut rien entendre. « — Laissez-la donc, conseilla Pigoche, elle nous servira d'égide. » Nos trois héros s'occupèrent alors immédiatement des préparatifs du lointain voyage. Le prince acheta un trois-mâts, du type norvégien, le baptisa du nom

de *Toujours-Confiant* et, après avoir fait choix d'un équipage d'élite, se mit en route vers les contrées boréales. Le nain bleu vint assister à leur départ. « — Je ne puis rien, leur, dit-il contre les alliés du sorcier Turlubec, mais je forme des vœux pour la réussite de votre voyage. Si vous êtes toujours énergiques, forts et résolus, vous parviendrez sûrement à votre but. » Un vent favorable soufflait dans les voiles du navire et, quand le vent tombait, un millier de mouettes venaient remuer leurs ailes autour des voiles et l'air, doucement agité, faisait gonfler celles-ci et poussait le *Toujours-Confiant* vers sa lointaine destina-

tion. Mais, bientôt, ces oiseaux disparurent et le bateau fut livré à son propre sort. Bientôt, survint une effroyable tempête de neige qui tomba en flocons si épais que les cordages, le pont et le navire tout entier en furent, en un instant, couverts. Le vent sauta au nord-est et devint si aigu que le thermomètre baissa considérablement. La neige continua ainsi à tomber durant trois jours et, pendant ce temps, il fallut tous les efforts de l'équipage pour empêcher que le *Toujours Confiant* ne fût emporté vers la côte. Insoucieux de la fatigue, le prince Zinzolin et Pigoche veillaient jour et nuit, aidant les marins dans

leur dur travail, encouragés par la parole affectueuse de Duvet-de-Pêche, dont l'œil bravait les éléments prêts à se déchaîner.

Quelques jours après ces événements, les eaux bleues de la mer apparurent à l'horizon semées de points blancs. Ces points augmentèrent à mesure qu'on en approcha, et le *Toujours Confiant* fut bientôt au milieu des glaçons. Sur les glaçons détachés, les voyageurs virent des phoques qui avaient un aspect étrange. Ils semblaient ricaner, et Duvet-de-Pêche sentit son cœur se serrer à

leur vue. Des icebergs, dont les bases plongeaient dans la mer à des profondeurs immenses, furent bientôt en vue. Comme mus par une main mystérieuse, ils s'avançaient vers le navire, îles flottantes dont la moindre eût fait sombrer le vaisseau. Heureusement, le prince Zinzolin veillait. Grâce à ses efforts, à ses soins et à son habileté, il put éviter les icebergs. Un soir, cependant, deux de ces énormes masses glacées venant à la rencontre l'une de l'autre, touchèrent le voilier et celui-ci éprouva une pression si effroyable sur ses flancs, que ses œuvres vives se tordirent et que tout l'équipage poussa un cri d'effroi, croyant que le *Tou*

Jours-Confiant allait être broyé et détruit. La princesse Duvet-de-Pêche s'était approchée de son fiancé, tandis que Pigoche levait les mains au ciel dans un geste de désespoir impuissant. Une armée de phoques était apparue sur les glaçons environnants et l'on percevait les ricanements des vilaines bêtes venant assister à l'anéantissement des hardis voyageurs. La minute était dramatique, tragique même. Tout espoir semblait perdu lorsque, soudain, du ciel envahi par un gros nuage noir sortit un éclair en zigzag, qui vint s'abattre sur les deux icebergs. Aussitôt, une formidable détonation retentit et les deux masses flottantes

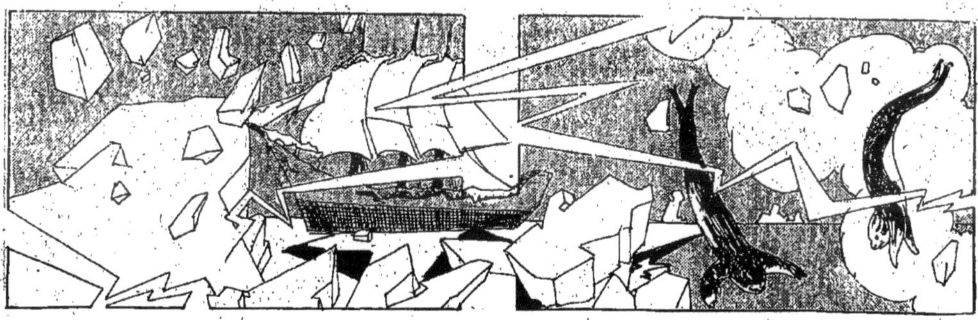

éclatèrent comme si une mine avait été placée sous elles. Tous les débris s'envolèrent au loin, retombant par blocs énormes sur la mer. Par miracle, aucun d'eux n'atteignit le pont du voilier. Mais les phoques, qui n'avaient pu fuir à temps, reçurent sur la tête les lourdes masses et furent massacrés. La vue des phoques précipités dans la mer fit éclater de rire Pigoche et tous se félicitèrent d'avoir échappé au terrible danger. Le voilier poursuivit sa marche, mais, à mesure qu'il avançait, les alliés du gnome Turlubec s'unissaient

pour le détruire. Les génies Grésil, Frimas, Brouillard et Verglas, en collaboration avec le Froid-Mortel, faisaient tomber le thermomètre à des degrés invraisemblables, si bien que l'équipage et nos héros subirent les souffrances les plus intolérables. Il leur fallait toute leur énergie pour ne pas renoncer à leur but. Le froid devint bientôt tellement intense que toute la mer se solidifia. Le prince Zinzolin décida alors d'ordonner l'évacuation du navire. Approvisionnements, objets de campement, traineaux furent transférés sur la glace. Pendant que les matelots garderaient ces objets, le prince Zinzolin, Pigoche et Duvet-de-Pêche

exploreraient les environs pour découvrir la cachette où était enfermé le fameux anneau. Pendant une demi-journée, les hardis voyageurs s'avancèrent sur la banquise. Pigoche ne perdait rien de sa bonne humeur, car il voulait éviter que le découragement ne s'emparât du cœur de ses deux compagnons. « — Ça va mal, ça pique! exclamait-il. J'ai reçu tant de grêle que j'en resterai grêlé pour le restant de mes jours; et maintenant, je sens mon nez qui se gèle. — Pourquoi ne pas secouer la neige qui s'y trouve ?

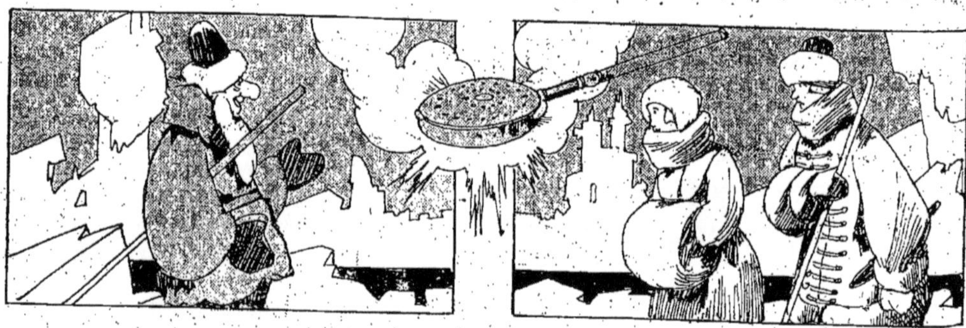

interrogea Duvet-de-Pêche. — C'est un nez fait de neige, sourit le domestique en forgeant cet amusant calembour, et ce n'est pas de ma faute... mes mains sont figées... J'ai la folle ambition de me moucher, mais ce caprice m'est interdit. Prince, je comprends la poésie de la bassinoire ! Je donnerais un de mes châteaux pour une bassinoire ! »

Tout à coup, Pigoche cessa de parler devant l'impressionnant spectacle qui venait de se montrer à sa vue.

Ce qui avait coupé la parole à Pigoche et avait rempli de terreur

l'âme de Duvet-de-Pêche et celle du prince Zinzolin, c'était la vue d'un millier d'ours blancs qui formaient une masse toute blanche, énorme à l'horizon, masse qui s'acheminait vers les voyageurs. Le domestique ne songeait plus maintenant à faire des calembours; le danger était proche, imminent, et rien ne faisait prévoir à nos héros comment ils pourraient y échapper. Tout à coup, Pigoche s'écria : « — On prétend que ces animaux ne touchent jamais à un cadavre; nous n'avons qu'à faire les morts. Mes amis, imitez-moi ! » Et le brave serviteur s'étendit sur le sol, gardant l'immobilité la plus absolue. « — Courage ! fit le prince Zinzolin en s'adressant à sa fiancée. Faisons comme Pigoche. » Toute tremblante, la princesse Duvet-

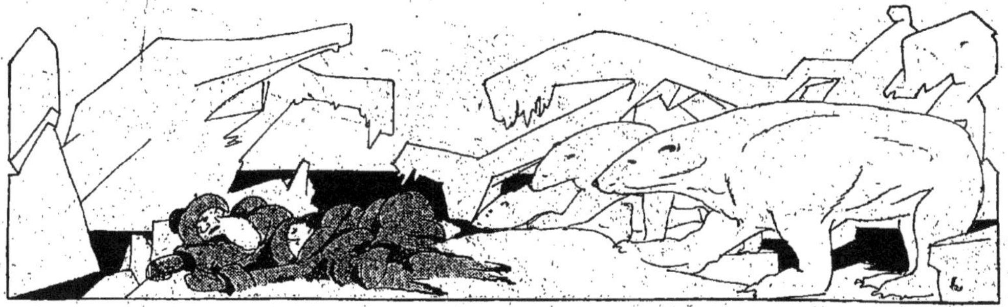

de-Pêche s'étendit à son tour sur la neige, tenant, pour se donner un peu de courage, dans sa menotte glacée la main du prince Zinzolin. Par un puissant effort de volonté, elle réussit à réprimer les frissons de peur qui agitaient tout son corps. Les ours blancs avaient continué leur marche en avant, tandis que, peu à peu, la neige qui tombait du ciel venait recouvrir les trois voyageurs. Les bêtes féroces, arrivées devant nos héros, courbèrent leurs têtes énormes et examinèrent les corps étendus. Duvet-de-Pêche sen-

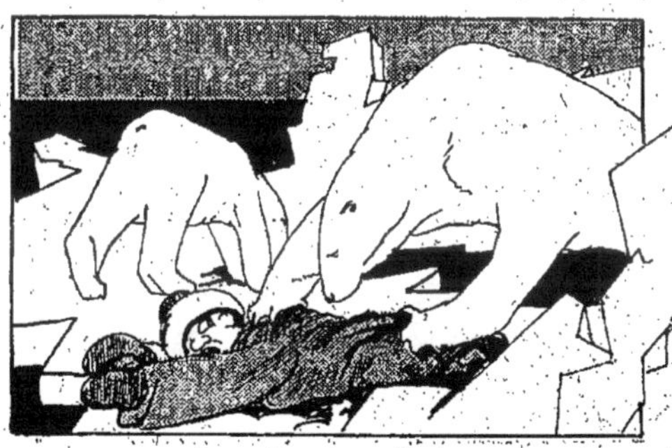

ait son cœur battant à grands coups dans sa poitrine et elle attendait, crispée de terreur, le premier coup de croc porté par les quadrupèdes affamés. Quant à Pigoche, sur lequel ... l'ours le plus énorme de la bande, il se disait : « Saperlotte ! cet animal-là ne sent ni la rose ni le patchouli. Vraiment, il faut être ours pour posséder une haleine si peu embaumée ! » Mais le domestique n'avait garde de remuer, si bien que les bêtes polaires, après avoir reniflé, s'éloignèrent de leur pas lourd, abandonnant ces corps qu'ils prenaient pour des cadavres. Lorsque le dernier d'entre eux eut disparu derrière les hummocks, Pigo

che se releva et un soupir de soulagement à renverser un iceberg sortit de sa poitrine. Duvet-de-Pêche et le prince se relevèrent à leur tour, en secouant la neige qui était tombée sur eux et en poussant des cris de joyeuse délivrance ! Après avoir échappé à ce terrible danger, ils se remirent en route. Il leur fallait atteindre l'endroit voisin du pôle Nord, où la fée des Ouragans, alliée du méchant sorcier Turlubec, avait caché l'anneau appartenant à Duvet-de-Pêche. Soudain, ils sentirent la banquise sur laquelle ils marchaient s'agiter par des tressaillements convulsifs. Les secousses augmentèrent à mesure que le vent devint plus violent

et qu'une averse de grêle, grosse comme des pierres, obscurcit de plus en plus l'atmosphère. Pigoche, le prince et la princesse coururent de toutes leurs forces, montant, tombant, roulant, se relevant et criant pour se soutenir et s'encourager réciproquement. De temps à autre, il se produisait d'horribles craquements; la banquise se déchirait dans ses profondeurs et les glaçons étaient précipités les uns contre les autres. Et le vent aux mille voix sifflantes clamait : « — Imprudents! Imprudents! » La glace éclatait maintenant dans toutes les directions, et les vagues tourbillonnaient entre les déchirures. Des blocs immenses s'éle-

vaient de l'eau, étaient lancés les uns contre les autres, s'enfonçaient dans les profondeurs pour reparaître et se heurter encore. Ajoutez à cela l'obscurité de plus en plus épaisse, le rugissement d'un vent aigu qui clamait des paroles narquoises ou menaçantes, la grêle qui sillonnait l'espace, et l'on pourra se faire une idée des souffrances et des angoisses que nos trois héros devaient éprouver.

Tout à coup, le prince Zinzolin sentit la glace se soulever sous ses pieds et il fut lancé en avant. Il tomba sur la figure, presque évanoui. Pigoche se porta vivement à son secours, ainsi que la vaillante jeune

fille. « — Tous les éléments sont déchaînés contre nous, fit Duvet-de-Pêche en pleurant. Nous ne pouvons lutter plus longtemps. Il faut que nous appelions à notre secours le nain bleu et la fée Souplesse. — Non! repartit héroïquement le prince Zinzolin. Il faut que nous atteignons le but sans avoir recours à la puissance de notre bienfaiteur et de notre bienfaitrice. C'est dans le danger qu'il faut montrer que nous avons du courage. En avant! » Aussitôt, miracle! le vent se tut, la banquise demeura comme figée, les ténèbres se dissipèrent. Dans le ciel devenu bleu, des jets d'une matière lumineuse

s'élancèrent, s'allongèrent et plusieurs arcs se dessinèrent, baignant dans les ondes rouges, jaunes et vertes à l umière. Puis les diverses couleurs, se réunissant, formèrent des couronnes boréales d'une opulence toute céleste. Et, aux yeux surpris et charmés des trois voyageurs, apparut la fée Souplesse, ayant à sa taille une ceinture brillant des feux de l'arc-en-ciel. « — Bravo! cria-t-elle. Bravo! Vous êtes vraiment des héros et je vous approuve, prince, de ne pas m'avoir appelée à votre secours. Ce secours, je vais vous l'accorder. Le temps des épreuves est terminé. » Et elle étendit sa baguette magique. Immédiatement,

les neiges se mirent à fondre de toutes parts, des cascades innombrables, bruyantes tombèrent de tous les sommets caressés du soleil brillant de mille feux dans le ciel. Soudain, on entendit des cris. C'étaient les génies Grésil, Frimas, Brouillard, Verglas et Froid-Mortel qui s'enfuyaient, brûlés qu'ils étaient par les rayons du soleil devenant de seconde en seconde plus chauds. Ils avaient, pour les escorter, des milliers d'ours blancs et de renards bleus. C'est en vain que la fée des Ouragans s'était précipitée à la suite de ses associés pour leur faire rebrousser chemin. Ils détalaient de toute la vitesse de leurs jambes et l'infortuné Frimas commençait déjà à diminuer de moitié. Quant au Brouillard, il était devenu si menu, si menu, qu'on l'apercevait à peine. Encore quelques secondes et il n'existerait plus. Aussi, la fée des Ouragans avait beau s'égosiller, elle était impuissante à lutter contre le chaud, splendide et triomphant Soleil, ennemi des méchants sorciers. Un immense iceberg qui barrait l'horizon commença à fondre et le prince Zinzolin, qui était doué d'une excellente vue, s'écria : « — Mais qu'est-ce qui brille au sommet de la montagne de glace ? » Duvet-de-Pêche regarda dans la direction indiquée. « — Mais c'est mon anneau! clama-t-elle. Oh!

comment l'atteindre ? » Une voix s'éleva. « Je vais vous le chercher. » C'était une mouette qui venait de parler. L'oiseau se dirigea, en effet, vers l'iceberg et revint peu après portant entre son bec la précieuse bague. Le prince la prit et délicatement la passa au doigt de sa fiancée. A ce moment, des appels et des cris joyeux s'élevèrent. C'étaient les marins du *Toujours-Confiant* qui, inquiets de ne pas voir revenir nos héros, s'étaient mis à leur recherche. Pigoche raconta aux matelots le dramatique récit des événements

que nous venons de relater. La fée Souplesse avait disparu dès que la mouette avait rapporté l'anneau d'or.

C'était sans doute pour échapper aux remerciements des deux jeunes gens et du domestique. Tout l'équipage rejoignit le voilier qui, voguant sur une mer enfin libre, quitta ces sites désolés pour regagner les États du roi Sarlaroc. Le retour s'effectua sans encombre, sans incident nouveau, et quelques semaines après le *Toujours-Confiant* faisait son apparition dans le petit port d'où il était parti. Le prince Zinzolin remit une grosse somme d'or à l'équipage, lui fit don du navire, et ce fut salués

par les acclamations des matelots, que les deux jeunes gens et Pigoche reprirent le chemin de la capitale. Là, une vive joie attendait nos deux héros. Le roi Sarlaroc, touché par le courage du prince Zinzolin et honteux de ses méchancetés, avait abdiqué, attendant le retour du jeune gentilhomme pour lui donner son trône. Le mariage du prince et de Duvet-de-Pêche fut célébré avec un grand faste. Le nain bleu et la fée Souplesse y assistèrent heureux du bonheur des deux jeunes époux, qui ne cessaient de célébrer leur nom et d'exprimer leur reconnaissance infinie.

FIN

6256. — Imprimerie Charaire, à Sceaux. — 3-27.

6330. — Imp. Charaire, à Sceaux. — 4-27.